THÉATRE DES ENFANTS

LA PRINCESSE AUX VIOLETTES

BERNARDIN-BÉCHET, ÉDIT.   QUAI DES AUGUSTINS, 31.

LA PRINCESSE

AUX

VIOLETTES

A. DES TILLEULS

ILLUSTRATIONS DE TELORY

PARIS

BERNARDIN-BÉCHET, LIBRAIRE-ÉDITEUR

51, QUAI DES GRANDS-AUGUSTINS, 51

Imp. Becquet, Paris.

LA PRINCESSE AUX VIOLETTES

Il était une fois un roi et une reine qui, après vingt ans de mariage, n'avaient pas encore d'enfant. La reine en était fort triste et le roi plus triste encore parce qu'il ne savait à qui léguer sa gloire et sa fortune. En vain supplia-t-il les académiciens du royaume de lui procurer un enfant ; les académiciens de ce pays-là, n'étant pas plus sorciers que ceux de celui-ci, ne purent satisfaire le désir du monarque. La reine, pour consoler et distraire son époux, élevait des chiens, des chats, des singes et des perroquets. Les chiens faisaient tout beau, les chats miaulaient, les singes gambadaient, les perroquets criaient : Jacquot ; mais le roi ne se déridait pas.

Mieux vaut n'avoir point d'enfant qu'en posséder de mé-
chants, assura le petit vieillard.

Ayant dit ces mots, le vieillard s'éloigna dans la forêt et le roi, tout joyeux, s'empressa d'aller raconter l'aventure à sa femme :

— Hélas, soupira la reine, ce bonheur ne nous est pas réservé, et je gage que votre petit bossu n'est pas plus savant que vos docteurs.

La reine se trompait. Avant la fin de l'année elle recevait dans ses bras une ravissante petite fille, blonde comme les épis mûrs et rose comme les églantines des haies.

A la vue de cette enfant, le roi à moitié fou de joie dansa une sarabande effrénée et, à grands coups de pied, chassa la ménagerie de ses appartements.

Des fêtes splendides furent données à cette occasion et le peuple mangea du pain blanc pour la première fois de sa vie.

Prenez la lune et mettez-la dans mon panier, dit la princesse au petit page, d'un ton impérieux.

Quelques jours après, Désirée voyant un papillon voltiger par la chambre, commanda à sa gouvernante de le lui apporter. La gouvernante essaya d'attraper l'insecte, mais il s'envola par la fenêtre. La petite fille trépigna de colère et courut se plaindre à son papa.

La gouvernante fut renvoyée sur l'heure.

Une autre fois, la princesse voyant un jardinier planter des groseilliers, le somma d'avoir à faire pousser des groseilles à l'instant même ; l'ouvrier ne put s'empêcher de rire en recevant cet ordre ; mal lui en advint. Désirée prétendit qu'il s'était moqué d'elle, et le bonhomme alla rejoindre le petit page en prison.

Chaque jour amenait de pareilles scènes ; les domestiques tremblaient à l'approche de la fillette, et la terreur régnait au palais.

Faites pousser des groseilles à l'instant même, ordonna la princesse au jardinier du château.

En grandissant, la jeune princesse devint de plus en plus impérieuse et poussa l'injustice jusqu'à la cruauté. Les prisons regorgeaient de malheureux enfermés par ses ordres, et la consternation était générale. La reine elle-même ne fut point épargnée. La bonne dame s'étant permis de blâmer la conduite de sa fille, le roi en prit de l'humeur et relégua sa femme dans ses appartements.

Celle-ci, se rappelant les paroles du petit vieillard de la forêt, s'écria plus d'une fois : « Mieux vaut être privé d'enfant qu'en posséder de mauvais. »

Le roi, toujours aveuglé par sa tendresse, trouvait sa fille accomplie : cependant lorsqu'il s'aperçut que tous ses domestiques avaient quitté la maison, quand il lui fallut épousseter ses habits et cirer ses bottes de ses royales mains, il se prit à réfléchir.

Quand le monarque fut obligé de cirer ses bottes de ses
royales mains, il se prit à réfléchir.

La jeune princesse étant belle aimait à se produire en public. Un jour qu'elle se promenait seule dans la campagne, car depuis longtemps personne ne voulait plus l'accompagner, elle rencontra une petite fille indigente qui cueillait des violettes sur le chemin. La princesse lui demanda son bouquet d'un ton impérieux.

— Nenni, ma belle demoiselle, répondit la pauvresse, ce bouquet est destiné à mon père ; c'est aujourd'hui sa fête.

— Y a-t-il des fêtes pour les mendiants ? s'écria l'orgueilleuse Altesse en s'emparant brutalement du bouquet. Mais quelle ne fut pas la terreur de la méchante Désirée lorsqu'elle sentit les fleurettes prendre racine sur ses mains, et sur son visage.

En vain les arrachait-elle : les violettes repoussaient aussitôt plus grandes et plus touffues !

La princesse Désirée arracha brutalement le bouquet de
violettes des mains de la petite mendiante.

Arrière, effrontée ! la princesse Désirée est aussi jolie que vous êtes monstrueuse, dirent les gardes.

L'épouvante de la jeune princesse s'augmenta d'autant plus qu'elle se vit revêtue des haillons de la mendiante. Désirée, frissonnant d'horreur, courut vers le palais pour se soustraire aux regards des passants. A son approche, les gardes croisèrent leurs hallebardes et l'empêchèrent d'entrer :

— Je suis Désirée, la fille de votre roi, dit-elle aux soldats ; les gardes se mirent à rire.

— Arrière, effrontée, dirent-ils, nous connaissons la princesse, elle est aussi jolie que vous êtes monstrueuse.

Désirée pria, supplia, s'emporta, les gardes demeurèrent inflexibles. Obligée de s'éloigner, la princesse erra au hasard ; bientôt des groupes de curieux se formèrent sur son passage, on la regardait avec un mélange de surprise et d'effroi et l'on se demandait d'où venait ce phénomène.

Le monarque envoya ses hérauts d'armes dans tous les coins du royaume, annoncer la disparition de la princesse.

Le monarque, en apprenant la disparition de sa chère fille, s'arracha les cheveux, piétina sa couronne et fit éclater les transports qu'inspire la douleur. La reine, attirée par ses cris, lui fit observer que ce n'est pas en s'arrachant les cheveux qu'on retrouve les personnes égarées et qu'au lieu de perdre son temps à se lamenter il valait mieux agir. Le roi goûta cet avis et, sur l'heure, envoya ses hérauts d'armes proclamer dans tous les coins du royaume que celui qui ramènerait la princesse Désirée recevrait autant d'argent qu'il en pourrait porter. Cette annonce causa une profonde sensation dans la ville et dans les villages, mais n'amena aucun résultat.

Le roi, croyant mieux faire en agissant par lui-même, se déguisa en simple bourgeois et se mit en campagne.

La vieille bohémienne cueillait sur la tête de la princesse des masses de violettes qu'elle allait vendre.

Le monarque parcourut les différents quartiers de sa capitale et fut assez surpris de voir la plupart des maisons illuminées et les citadins se frottant les mains d'un air joyeux. Le roi, s'approchant d'un groupe, s'informa de la cause de cette allégresse.

— Vous êtes donc étranger, lui répondit-on, et vous ignorez la bonne nouvelle ? Apprenez que la princesse Désirée, la plus exécrable de toutes les créatures, est disparue. Grâce à Dieu, nous voilà délivrés de ce monstre, et le roi notre maître, qui était devenu injuste et cruel à l'instigation de sa fille, va redevenir pacifique et bon comme autrefois.

Le souverain en entendant ces paroles, fit la grimace et, comme les rois n'aiment pas entendre les vérités qui leur sont désagréables, le père de Désirée borna là son expédition et regagna son palais.

— Vous ne savez pas la bonne nouvelle? La princesse
Désirée est perdue, dirent les citadins au roi.

Pendant que le monarque faisait explorer les quatre coins de son royaume dans l'espoir de retrouver sa fille, celle-ci écurait les marmites et lavait les guenilles dans le plus sale bouge de la ville. Une vieille bohémienne l'avait recueillie et l'employait aux travaux les plus rebutants. Tandis que Désirée travaillait, la vieille Égyptienne cueillait sur la tête de la princesse des masses de violettes qu'elle allait vendre au marché. La jeune fille cachée dans son réduit ne perdait pas un mot de ce que disaient les passants. Pour la première fois elle entendit juger sa conduite et connut la haine qu'elle inspirait. Alors Désirée, faisant son examen de conscience, s'avoua coupable et pleura. Les fleurs de son visage arrosées par les larmes du repentir perdirent leurs sombres couleurs et devinrent aussi blanches que des lis.

A la vue de la princesse, le roi détourna la tête avec dégoût
et lui fit signe de s'éloigner.

Par ordonnance royale toutes les jeunes filles de quinze ans furent invitées à se présenter au palais.

Quand arriva le tour de la princesse aux violettes, le roi détourna la tête avec dégoût et lui fit signe de s'éloigner. Désirée, se jetant aux pieds du monarque, répandit un torrent de larmes et s'écria :

— Mon père, c'est moi qui suis votre enfant !

Le roi faillit rendre l'âme en reconnaissant la voix de sa chère fille ; il la releva et, malgré sa répugnance, la couvrit de baisers.

— Mon royaume, s'écria-t-il, à qui rendra ma fille à son état naturel.

Alors on vit s'avancer, cahin-caha, le petit vieillard de la forêt : il dit au roi :

— Ta fille ne redeviendra belle qu'après avoir fait autant de bien qu'elle a fait de mal.

Ayant dit ces mots, le petit vieux salua et disparut.

Le parfum qui s'exhalait de sa personne guérissait à l'instant même ceux qui le respiraient.

Aussitôt que la princesse fut réintégrée dans le palais de son père, elle fit élargir tous les malheureux injustement emprisonnés et leur distribua sa fortune personnelle. Sur ces entrefaites une peste horrible ravagea le royaume. Les infortunés touchés par le fléau tombaient comme des mouches aux premiers froids d'hiver. La princesse vola au secours des victimes qui gémissaient dans les hospices.

Elle n'eut pas besoin de les toucher; le parfum qui s'exhalait de sa personne guérissait à l'instant ceux qui le respiraient. Désirée ne mit point de bornes à son dévouement, et les pestiférés purent s'approcher d'elle à toute heure. La reine fut la dernière atteinte par l'épidémie. Moins heureuse que ses sujets, elle n'éprouva aucun soulagement au contact de sa fille, et le mal alla en empirant.

Le seul diamant que j'envie, c'est ta fille, répondit l'affreux
vieillard en souriant d'un air moqueur.

Le monarque, désespéré, consulta les plus célèbres médecins allopathes et homœopathes; ces graves docteurs ne surent que se quereller en grec et en latin. C'en était fait de l'illustre malade, lorsque, trottinant sur sa béquille, arriva le petit vieillard de la forêt.

— Il n'est qu'un seul médecin capable de sauver la reine, s'écria-t-il, et ce médecin c'est moi.

— Sauve-la donc, lui répondit le souverain, et tous les diamants de ma couronne t'appartiendront.

Le petit bossu, dessinant un sourire qui laissa voir ses longues dents jaunes, répondit:

— Le seul diamant que je désire, c'est ta fille: que la princesse m'accepte comme époux et la reine sera sauvée.

En entendant ces mots, un cri d'horreur s'échappa de toutes les bouches et le roi faillit s'évanouir.

Le petit bossu souriait toujours.

Il n'est point de difformité que la bonté n'efface, dit le
jeune et beau prince à sa fiancée.

La moribonde, murmura ces paroles :

— Ma vie ne vaut pas un pareil sacrifice : ma fille, laissez-moi mourir.

Désirée, n'écoutant que son amour filial, tendit la main à l'affreux avorton et lui dit :

— Sauvez ma mère : voici ma main.

A peine la main de la princesse eut-elle touché celle du monstre, qu'une double métamorphose s'accomplit. Désirée redevint la belle créature d'autrefois et le vieillard se transforma en un jeune et beau prince ; celui-ci, pliant le genou, dit à sa fiancée :

— Il n'est point de difformité que la bonté n'efface. Comme vous j'ai été méchant, comme vous j'ai été puni et le repentir nous a sauvés tous deux.

La reine, délivrée de son mal, bénit les jeunes époux, et tous vécurent longtemps et heureux.

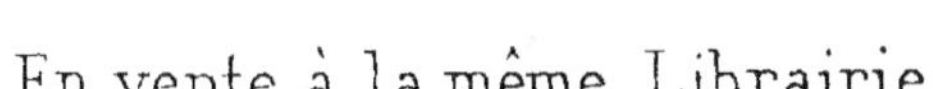

En vente à la même Librairie

Mᴿ & Mᴹᵉ CROQUEMITAINE.

LA POUPÉE DU PETIT NOËL.

LA JOURNÉE DE MARGUERITE.

LE FILS DE POLICHINELLE.

LE PETIT CHAPERON ROUGE.

LES MÉSAVENTURES D'UN PETIT GOURMAND.

Mᴱᴸᴸᴱ CAQUET BON BEC.

LES MARIONNETTES DE SÉRAPHIN.

LA PRINCESSE AUX VIOLETTES.

LE CHIEN DU PÈRE LUSTUCRU.

ALPHABET DES BÉBÉS.

LE PETIT POUCET.

Cette Collection se continue.

Imp. Becquet Paris.